AF363608

VENTE
des Lundi 28 et Mardi 29 Octobre 1889
HOTEL DROUOT, SALLE N° 5
A DEUX HEURES

OBJETS D'ART
DE

CURIOSITÉ ET D'AMEUBLEMENT

BRONZES, BOIS SCULPTÉS, ARMES, TABLEAUX, PORCELAINES,
FAÏENCES, IVOIRES, MINIATURES,
ÉMAUX CLOISONNÉS, ORFÈVRERIE, CUIVRES,

11 Marbres de MARCHETTI

TERRES CUITES DE CARRIER-BELLEUSE

MEUBLES ANCIENS ET DE STYLE

Cabinet en certosine, Vitrines, Commodes, Trumeaux, Bahuts,
Sièges, Paravents.

ÉTOFFES ET TAPISSERIES ANCIENNES

Me G. BOULLAND	M. A. BLOCHE

Me G. BOULLAND   M. A. BLOCHE

Commissaire-Priseur   Expert

26, RUE DES PETITS-CHAMPS   25, RUE DE CHATEAUDUN

EXPOSITION PUBLIQUE

Le Dimanche 27 Octobre 1889, de 1 heure 1 2 à 5 heures.

Imp. de la Presse, 16, rue du Croissant. — A. Vigier.

SCULPTURES

Œuvres de Marchetti

---

1 — Groupe en marbre : *Les Tourterelles*

2 — Buste en marbre : *Napolitaine.*

3 — Statuette en marbre : *L'Amour.*

4 — Petit chien en marbre.

5 — Statuette en marbre : *Vénus,* d'après Canova.

6 — Groupe en marbre : *Les Amours.*

7 — Statuette en marbre : *Innocence.*

8 — Statuette en marbre : *Fantaisie.*

9 — Buste en marbre.

10 — Statuette en marbre : *Vénus.*

11 — Statuette en marbre : *Innocence.*

Œuvres de Carrier-Belleuse

---

12 — Groupe en terre cuite : *Offrande à Bacchus,* de **Carrier-Belleuse.**

13 — Quatre bustes en terre cuite : *Les Saisons,* de **Carrier-Belleuse.**

TABLEAUX

---

14 — **Mengs** (Raphaël). Portrait de l'artiste.

15 — **Mengs** (R.). Portrait de sa femme.

16-17 — **Téniers** (attribué à). Deux scènes villageoises. (Deux pendants.)

18 — **Romain** (Jules). Bataille.

19 — **Le Guide** (attribué à). Portrait d'un moine savant.

20 — **Ecole byzantine**. Miracle de la Vierge.

21 — **Sandro Batticelli** (attribué à). Fragment de peinture du XVe siècle.

22 — **Salvator Rosa**. Paysage.

23-24 — **Van Ostade**. Scène de famille hollandaise. (Pendant du précédent.)

25 — **Grenet**. Portrait de petite fille.

OBJETS D'ART ET D'AMEUBLEMENT

---

26 — Deux portières et un bandeau en soie rouge épinglée, ornée d'anciennes applications de velours et de soie, dessin à rinceaux de la Renaissance, doublés de soie.

27 — Très beau tabouret de châtelaine en bois sculpté

et doré, forme X, dessin à grands ornements ralliés dans le bas par des traverses à cartouches et mascarons, accotoirs se terminant par des têtes de chérubins, accompagné d'un coussin en damas vert. Époque Renaissance italienne.

28 — Ecritoire en faïence de Deck, montée en bronze.

29 — Cravache avec pomme en or émaillé, enrichie de perles et de rubis.

30 — Beau vase en bronze gravé de Chine.

31 — Éventail en dentelle de Chantilly monté en écaille.

32 — Deux jolies salières en argent, dont une avec couvercle coquille, époque Louis XVI.

33 — Étui à cire en argent repoussé époque Louis XIV.

34 — Navette en filigrane d'argent.

35 — Médaillon et cachet en argent.

36 — Afiquet en bois sculpté à mascarons et feuillages.

37 — Éventail à sujet champêtre, monture ivoire, époque Louis XVI.

38 — Deux gouaches anciennes : Marines avec nombreuses figures, cadres en bois sculpté et doré.

39 — Jolie bonbonnière en écaille posée d'or, montée en or avec miniature, portrait de jeune femme à cheveux longs et bouclés, époque Louis XVI.

40 — Boîte à charnières et à contours en émail de

Saxe, représentant des scènes de bataille, moulure argent, époque Louis XV.

41 - Bonbonnière en ivoire offrant sur le couvercle en bas-relief le portrait de Marie Leczinska (provient de la collection Maze-Sencier).

42 — Boîte à musique en nacre, montée en cuivre, époque Empire.

43 — Paire de tabourets carrés en bois de fer.

44 — Deux fauteuils en bois de fer incrusté.

45 — Pagode en laque.

46 — Plat en bronze incrusté.

47 — Paire de petits vases en faïence, décor à reliefs.

48 — Baquet en faïence flambée, décor or.

49 — Deux paravents à quatre feuilles en soie brodée.

50 — Deux paravents à quatre feuilles en gaze brodée.

51 — Paire de vases de Chine décor rouge.

52 — Paire de bouteilles d'Imari.

53 — Brûle-parfums d'Imari.

54 — Paire de chats fond bleu turquoise.

55 — Deux guitares.

56 — Paire de vases : poissons et personnages en bronze.

57 — Sabre en métal incrusté.

58 - Deux sabres en os gravé.

59 — Deux sabres analogues.

60 — Groupe en bronze : tortues.

61 — Groupe en bronze : deux canards.

62 — Deux petits écrans en métal incrusté.

63 — Quatre petits cendriers en métal.

64 — Boîte en métal argenté.

65 — Paire de vases en métal incrusté.

66 — Deux cendriers en métal argenté.

67 — Paire de vases en fonte laquée, décor : gardes de sabres.

68 — Groupe en bronze : deux personnages avec sac.

69 — Paire de vases en bronze fin gravé.

70 — Personnage sur scarabée en bronze.

71 — Paire de vases en bronze.

72 — Deux cadres à photographies en métal.

73 — Brûle-parfums en bronze incrusté.

74 — Deux brûle-parfums en bronze.

75 — Boîte forme fruit en métal.

76 — Paire de vases en bronze à reliefs.

77 — Paire de vases en bronze incrusté, patine claire.

78 — Brûle-parfums en bronze.

79 — Groupe : *Divinité sur rocher* en bronze.

80 — Brûle-parfums en filigrane.

81 — Groupe en bronze : *Singe amateur*.

82 — Garniture de trois pièces en métal incrusté.

83 — Paire de vases en faïence de Satzuma.

84 — Brûle-parfums en faïence de Satzuma.

85 — Théière en métal argenté.

86 — Divinité en bois doré.

87 — Divinité analogue.

88 — Paire de vases d'Imari.

89 — Paire de potiches d'Imari.

90 — Plat en faïence.

91 — Jardinière en cloisonné de Chine, fond noir.

92 — Paire de vases en bronze à hauts reliefs.

93 — Jardinière sur trois pieds en bronze, à hauts reliefs.

94 — Deux paires petits vases en bronze moucheté.

95 — Paire de flambeaux en bronze.

96 — Grande jardinière en bronze.

97 — Petit brûle-parfums carré en bronze.

98 — Deux cages.

99 — Grande vasque d'Imari.

100 — Paire de potiches de Chine, fond vert.

101 — Paire de vases de Chine, fond rose, à reliefs.

102 — Paire de Chimères en bronze.

103 - Paire d'Éléphants en bronze.

104   Groupe de deux Personnages en bronze.

105 — Plat en grès, décor à reliefs.

106 — Figurine en ivoire : Femme au Miroir.

107 — Figurine en ivoire : Homme au Panier.

108 — Paire de tubes en ivoire. Poissons.

109 — Groupe en ivoire : Homme, Enfant et Singe.

110 — Groupe de deux Enfants en ivoire.

111 — Groupe en ivoire : Homme et Femme.

112 — Quatre Panneaux en soie noire brodée or.

113 — Deux Panneaux brodés en soie et or.

114 — Deux Panneaux en soie noire et or.

115 — Cinq Fonkas en soie brodée.

116 — Deux Robes du Japon.

117 — Miniature : Portrait de Madame Elisabeth, d'après Mme Vigée Lebrun.

118 — Miniature : Jeune Femme en costume style Louis XVI.

119 — Miniature : Portrait de Mlle de Sombreuil.

120 — Miniature : Jardinière arrosant des fleurs.

121 — Grand cabinet en certosine sur sa table.

122 — Vitrine style Louis XVI, garnie de cuivre.

123 — Deux Lampes en Émail cloisonné de Chine, montées en bronze.

124 — Pendule monumentale et son socle, style Louis XIII, peinture genre vernis Martin.

125 — Pendule à colonnes filigranées, argent doré.

126 — Deux Appliques à 3 lumières, style Louis XV bronze poli.

127 — Grand brûle-parfums en bronze du Japon.

128 — Deux petits brûle-parfums en bronze du Japon.

129 — Deux Bustes en biscuit, Louis XVI et Marie-Antoinette.

130 — Deux Vases cloisonnés.

131 — Deux Vases à pans en porcelaine du Japon.

132 — Deux Émaux peints, encadrés.

133 — Deux Pythons en ivoire sculpté.

134 — Service en argenterie dans son écrin.

135 — Ivoire sculpté formant boule.

136 — Deux grands Plats en faïence de Delft.

137 — Deux Vases en bronze du Japon.

138 — Deux couteaux à dessert dans leur écrin. Manches en agate.

139 · Bonbonnière en émail.

140 — Deux Statuettes espagnoles en terre cuite.

141 — Deux Oiseaux en bronze.

142 — Épagneul en porcelaine d'Allemagne.

143 — Deux éventails dans leur écrin.

144 — Deux plateaux à bords ajourés en vieux Chine.

145 — Petit coffret en porcelaine d'Allemagne.

146 — Bouclier en fer.

147 — Coupe et porte-montre en fer gravé.

148 — Boîte et encrier en bronze.

149 — Deux magots chinois.

150 — Chèvre couchée bleu céladon.

151 — Fontaine et bassin en cuivre rouge.

152 — Petit pupitre en marqueterie de bois, intérieur garni en velours bleu.

153 — Lampe en cuivre repoussé, Louis XIII.

154 — Lampe en cuivre repoussé à tête d'ange, Louis XIV.

155 — Lampe d'église Louis XV.

156 — Lampe d'autel en cuivre argenté Louis XVI.

157 — Plusieurs Flambeaux en chêne sculpté.

158 — Trumeau en bois peint représentant une marine, époque Louis XVI.

159 — Commode en bois des Iles et bronzes, époque Louis XIV.

160 — Miroir monté sur bois d'acajou, époque Louis XVI.

161 — Pannetière en bois avec balustre.

162 — Devant de coffre en bois sculpté, époque Renaissance.

163 — Coffre en bois sculpté, époque Renaissance.

164 — Devant de coffre en chêne sculpté, Moyen Age.

165 — Devant de coffre en chêne sculpté, époque Renaissance.

166 — Groupe en chêne sculpté : la Vierge et l'Enfant, XVe siècle.

167 — Lot de statues en chêne sculpté.

168 — Groupe en chêne sculpté : la Vierge donnant le sein à l'Enfant Jésus, XVIe siècle.

169 — Lot de statuettes en chêne sculpté.

170 — Deux chenêts en fer, époque Louis XIII.

171 — Porte-verres en bois sculpté.

172 — Cabinet en bois laqué avec peinture représentant un personnage du temps de Louis XV.

173 — Cabinet en bois laqué avec incrustations de nacre et peintures représentant une suite de palais.

174 — Deux Panneaux en laque de Chine avec peintures représentant des cavaliers.

175 — Miniature sur ivoire : Groupe de bacchantes. Cadre en cuivre et velours.

176 — Miniature sur ivoire : Le corset.

177 — Miniature sur ivoire : Charles X, cadre cuivre et bronze.

178 — Bonbonnière en ivoire avec miniature, portrait de femme en chapeau.

179 — Bonbonnière en ivoire avec miniature, portrait de femme en cheveux.

180 — Deux figurines en biscuit : Faune et bacchante.

181 — Groupe en biscuit : La lecture chinoise.

182 — Statuette en biscuit : Baigneuse.

183 — Deux figurines en porcelaine décorée : Personnages à la fontaine.

184 — Deux figurines en porcelaine décorée : Marchandes de crême.

185 — Groupe en porcelaine décorée : Bûcherons.

186 — Bahut en chêne sculpté.

187 — Canapé, pouf et chaise en étoffe de fantaisie.

188 — Table en bois noir avec dessus en marbre.

189 — Chiffonnier formant bureau en bois de rose.

190 — Deux appliques en fer forgé.

191 — Petit buste en bronze.

192 — Piano en palissandre de Pleyel.

193 — Machine à coudre.

194 — Garniture de cheminée composée d'une pendule surmontée du buste d'Homère en bronze, et de deux candélabres, époque Empire.

195 — Lustre.

196 — Garniture de foyer en bronze.

197 — Commode ancienne en bois de rose et marqueterie, dessus en marbre.

198 — Belle console en bois sculpté et doré avec
dessus en marbre, époque Louis XIV.

ÉTOFFES — TAPISSERIES

199 — Grande chape en soie avec dessins polychrome,
époque Louis XIV.

200 — Chape en satin, fond blanc, tissé d'or et de
soie.

201 — Chasuble en soie, époque Louis XV.

202 — Chasuble en soie, époque Louis XVI.

203 — Lot de soieries diverses (sera divisé).

204 — Garniture de lit avec glands et passementerie.

205 — Tapisserie verdure avec vue de château et
cours d'eau, animée d'oiseaux, avec bordure,
époque Louis XIV.

206 — Tapisserie verdure avec cours d'eau et bordure,
époque Louis XIII.

207 — Deux Chapes en lampas fond rouge.

208 — Bandeau en satin fond couleur saumon cou-

vert en dentelle à bouquets de fleurs époque
Louis XV avec franges dorées.

209 — Lambrequin en satin fond blanc tissé or et
soie avec franges dorées.

210 — Tapisserie avec médaillons et bouquets de
fleurs avec bordure dans le haut et le bas, époque
Louis XIII.

211 — Panneau en tapisserie verdure, époque Louis
XIV.

212 — Petit panneau en tapisserie, époque Louis XIII.

213 — Lot de bordures à fleurs et fruits, époque
Renaissance (sera divisé).

214 — Tapisserie verdure à animaux chimériques,
époque Renaissance.

215 — Morceau de tapisserie, époque Louis XIII.

216 — Tapisserie verdure ancienne.

FOURRURES

217 — Couverture en chat noir de Russie doublée
en drap noir.

218 — Deux grandes peaux d'ours garnies en drap
havane.

219 — Deux parures de cocher en peau d'ours noir.

ORFÉVRERIE

220 — Trois seaux à champagne argentés.

221 — Deux réchauds ronds avec cloches.

222 — Grand réchaud ovale.

223 — Deux plats longs.

224 — Deux plats ovales.

225 — Deux flambeaux.

226 — Huilier et deux bouts de table.

227 — Ecritoire.

228 — Deux Légumiers.

229 — Bouilloire.

230 — Ciboire.

231 — Gobelet et plateau ciselés à jour.

232 — Objets non catalogués.

Paris. — Imp. de la Presse, 16, rue du Croissant. — A. Vigier.